AF359006

Vente des 1er, 2 et 3 Février 1893

GALERIE GEORGES PETIT

8, RUE DE SÈZE, 8

TABLEAUX

ANCIENS ET MODERNES

OBJETS D'ART

ET

D'AMEUBLEMENT

RÉSUMÉ DU CATALOGUE

D'UNE BELLE COLLECTION DE

TABLEAUX

ANCIENS ET MODERNES

AQUARELLES ET DESSINS

OBJETS D'ART

ET D'AMEUBLEMENT

Anciennes Porcelaines de Chine

ÉMAUX CLOISONNÉS ET BRONZES DE LA CHINE ET DU JAPON

GROUPE EN TERRE CUITE DE CLODION

BELLE ARGENTERIE DE LA MAISON ODIOT

Lustre en cristal de roche, du temps de Louis XVI

BRAS-APPLIQUES DE GOUTHIÈRES

Meubles de style

TAPISSERIES DES GOBELINS

ET DES FLANDRES

DONT LA VENTE AURA LIEU A PARIS

Galerie Georges Petit, 8, Rue de Sèze, 8

Les Mercredi 1er, Jeudi 2 et Vendredi 3 Février 1893

A DEUX HEURES

Mᵉ PAUL CHEVALLIER, commissaire-priseur

10, rue de la Grange-Batelière, 10

Experts pour les Tableaux

M. EUG. FÉRAL, peintre | **M. DURAND-RUEL**

54, Faubourg-Montmartre, 54 | 16, rue Laffitte, 16

Expert pour les Objets d'art

M. CHARLES MANNHEIM, 7, rue Saint-Georges, 7

EXPOSITIONS

PARTICULIÈRE : *Le Lundi 30 Janvier 1893, de 1 h. 1/2 à 6 h.*

PUBLIQUE : *Le Mardi 31 Janvier 1893, de 1 h. 1/2 à 6 h.*

CONDITIONS DE LA VENTE

Elle sera faite au comptant.

Les acquéreurs payeront *cinq pour cent*, en sus des enchères.

L'exposition mettant le public à même de se rendre compte de l'état des objets, il ne sera admis aucune réclamation une fois l'adjudication prononcée.

Paris. — Imp. de l'Art. E. Ménard et Cie, 41, rue de la Victoire.

DÉSIGNATION

TABLEAUX ANCIENS

BOILLY (Louis-Léopold)

1 — *L'Heureuse Famille.*

Toile. Haut., 27 cent.; larg., 33 cent.

BOILLY (Louis-Léopold)

2 — *Le Porte-Drapeau de la Fédération.*

Bois. Haut., 34 cent.; larg., 24 cent.

DUCK (Jean le)

3 — *Corps de garde.*

Bois. Haut., 39 cent.; larg., 60 cent.

(Collection du marquis du Blaisel, 1873.)

GOYEN (Jan Van)

4 — *Les Bords de la Meuse.*

Bois. Haut., 32 cent.; larg., 54 cent.

GOYEN (J. Van)

5 — *Un Village en Hollande.*

Bois. Haut., 39 cent.; larg., 33 cent

GOYEN (J. Van)

6 — *Les Patineurs.*

Bois. Haut., 13 cent. 75; larg., 26 cent. 75.

GUARDI (Francesco)

7 — *Le Pont du Rialto.*

Bois. Haut., 18 cent.; larg., 32 cent.

GUARDI (D'après F.)

8 — *Vue de Venise.*

Toile. Haut., 55 cent.; larg., 72 cent.

GUARDI (D'après F.)

9 — *L'Entrée du Grand Canal, à Venise.*

Toile. Haut., 55 cent.; larg., 72 cent.

LANCRET (Nicolas)

10 — *Portrait de Mlle Sallé.*

Toile. Haut., 42 cent.; larg., 54 cent.

(Collection Péreire, 1872.)

LOO (Michel Van)

14 — *Portrait d'homme,*

Toile. Haut., 90 cent.; larg., 71 cent.

(Galerie Urzaïs.)
(Collection Péreire, 1872.)

LOO (Attribué à Van)

12 — *Portrait d'homme.*

Toile. Haut., 1 mètre; larg., 80 cent.

LOO (Attribué à Van)

13 — *Portrait de femme.*

Toile. Haut., 90 cent.; larg., 73 cent.

MICHAU (Théobald)

14 — *La Récréation des moissonneurs.*

Bois. Haut., 27 cent.; larg., 37 cent.
(Collection du marquis du Blaisel, 1873.)

MICHAU (Théobald)

15 — *Les Moissonneurs.* (Pendant du précédent.)

Bois. Haut., 27 cent.; larg., 37 cent.
(Collection du marquis du Blaisel, 1873.)

MIERIS (Willem Van)

16 — *Portrait d'Adrien Van der Werff.*

Bois ovale. Haut., 14 cent.; larg., 11 cent.
(Collection Papin, 1873.

NEER (A. Van Der)

17 — *Rivière au clair de lune.*

Bois. Haut., 365 millim.; larg., 34 cent.

OSTADE (Isaac Van)

18 — *L'Hiver en Hollande.*

Toile. Haut., 1 mètre; larg., 1 m. 47 cent.

PATER (Jean-Baptiste)

19 — *Halte de chasse.*

Toile. Haut., 54 cent.; larg., 46 cent.
(*Collection Laurent-Richard, 1873.*)

SLINGELAND (Pierre Van)

20 — *La Lecture.*

Bois, panneau cintré. Haut., 23 cent.; larg., 17 cent.

STEEN (Jan)

21 — *Scène galante.*

Bois. Haut., 67 cent.; larg., 58 cent.
(*Collection Paul van Cuyck, 1866.*)

STEEN (Jan)

22 — *Le Retour de la kermesse.*

Bois. Haut., 33 cent.; larg., 41 cent.

TÉNIERS (DAVID, le Jeune)

23 — La Partie de trictrac.

> Bois. Haut., 46 cent.; larg., 56 cent.
> (*Collection Rhoné, 1855.*)
> (*Collection Péreire, 1872.*)

TÉNIERS (DAVID, le Jeune)

24 — Tabagie flamande.

> Bois. Haut., 28 cent.; larg., 37 cent.

(*Collection du marquis de Biancour, 1873.*)

TIEPOLO (GIAN-BATISTA)

25 — Apothéose de Francesco Barbaro, procurateur de Saint-Marc.

Plafond ovale. Haut., 2 m. 50 cent.; larg., 4 m. 65 cent.

TIEPOLO (GIAN-BATISTA)

26 — L'Alliance.

> Pendentif ovale.
> Toile. Haut., 1 m. 40 cent.; larg., 1 m. 8 cent.

TIEPOLO (GIAN-BATISTA)

27 — Le Guerrier en courroux.

> Pendentif ovale.
> Toile. Haut., 1 m. 40 cent.; larg., 1 m. 8 cent.

TIEPOLO (Gian-Batista)

28 — *Rébecca à la fontaine.*

Dessus de porte.

Toile. Haut., 72 cent.; larg., 1 m. 25 cent.

TIEPOLO (Gian-Batista)

29 — *Moïse sauvé des eaux.*

Dessus de porte.

Toile. Haut., 72 cent.; larg., 1 m. 85 cent.

TOL (Dominique Van)

30 — *La Lecture de la Gazette.*

Bois. Haut., 33 cent.; larg., 28 cent.

(Collection du marquis du Blaisel.)

TOL (Dominique Van)

31 — *Vieille Femme mangeant de la soupe,*

Bois. Haut., 37 cent.;; larg., 32 cent.

VELDE (Willem Van de)

32 — *Le Retour de la flotte hollandaise.*

Toile. Haut., 1 m. 8 cent.; larg., 1 m. 24 cent.

VERNET (Joseph)

33 — *Marine.*

Toile. Haut., 71 cent.; larg., 93 cent.

(Collection Papin, 1873.)

VINCENT (François-André)

34 — Suite de quatre gracieux panneaux décoratifs,
représentant les Arts :

1° *La Peinture.*

Haut., 2 m. 18 cent.; larg., 48 cent.

2° *La Sculpture.*

Haut., 2 m. 18 cent.; larg., 58 cent.

3° *La Musique.*

Haut., 2 m. 18 cent.; larg , 48 cent.

4° *L'Architecture.*

Haut., 2 m. 18 cent.; larg., 58 cent.

WATTEAU (Attribué à A.)

35 — *Danse champêtre.*

Toile. Haut., 27 cent.; larg., 23 cent.

ÉCOLE HOLLANDAISE

36 — *Le Verre de limonade (d'après Terburg).*

Cuivre. Haut., 22 cent.; larg., 16 cent.

ÉCOLE HOLLANDAISE

37 — *Le Savetier du village (d'après Gérard Dow).*
(Ce tableau fait pendant au précédent numéro.)

Cuivre. Haut., 22 cent.; larg., 16 cent.

TABLEAUX MODERNES

ANKER

38 — *Au piano.*

Toile. Haut., 62 cent.; larg., 50 cent.

ARANDA (José Jimenès y)

39 — *Les Pénitents.*

Toile. Haut., 51 cent.; larg., 78 cent.

BERCHÈRE (Narcisse)

40 — *Un Marché en Égypte.*

Bois. Haut., 36 cent.; larg., 65 cent.

(Collection Wilson, 1874.)

BLANC (Paul-Joseph)

41 — *Le Triomphe de la civilisation.*

Plafond. Toile. Diam., 2 m. 60 cent.

BLANC (Paul-Joseph)

42 — *La Science.*

43

Pendentif à angles rentrants.
Toile. Haut., 1 mètre; larg., 1 m. 80 cent.

BLANC (Paul-Joseph)

43 — *L'Industrie.*

Pendentif à angles rentrants.
Toile. Haut., 1 mètre ; larg., 1 m. 80 cent.

BRANDON (Ed.)

44 — *La Sortie de la loi le jour du sabbat.*

Toile. Haut., 1 m. 50 cent.; larg., 80 cent.

(Exposé au Salon de 1869.)

CHAPLIN (Ch.)

45 — *Jeune Fille tenant un nid.*

Toile. Haut., 93 cent.; larg., 57 cent.

CHINTREUIL (A.)

46 — *La Rigole d'Igny.*

Bois. Haut., 37 cent.; larg., 73 cent.

CLAUDE (J. Max.)

47 — *Chiens de chasse.*

Toile. Haut., 48 cent.; larg., 40 cent.

COROT (C.)

48 — *Chevaux se baignant dans une rivière.*

Toile. Haut., 43 cent.; larg., 75 cent.

COROT (C.)

49 — *Crique de la Méditerranée.*

Toile. Haut., 38 cent.; larg., 47 cent.

DECAMPS (ALEXANDRE)

50 — *Laboureur du Lot.*

Bois. Haut., 33 cent.; larg., 51 cent.

DECAMPS (A.)

51 — *Le Repos des terrassiers.*

Haut., 25 cent.; larg., 35 cent.

(Collection du marquis d'Harcourt, 1873.)

DEFAUX (A.)

52 — *Le Troupeau de moutons.*

Toile. Haut., 40 cent.; larg., 31 cent.

DEFAUX (A.)

53 — *Une Cour de ferme.*

Toile. Haut., 40 cent.; larg., 30 cent.

DESGOFFE (BLAISE)

54 — *Nature morte.*

Toile. Haut., 38 cent.; larg., 32 cent.

DIAZ DE LA PENA (N.)

55 — *Jeune Fille jouant avec un chien.*

Toile. Haut., 2 m. 5 cent.; larg., 1 m. 23 cent.

DIAZ DE LA PENA (N.)

56 — *Le Rendez-vous dans la forêt.*

Bois. Haut., 81 cent.; larg., 65 cent.

DIAZ DE LA PENA (N.)

57 — *Après le bain.*

Toile. Haut., 50 cent.; larg., 39 cent.

DIAZ DE LA PENA (N.)

58 — *L'Orage.*

Bois. Haut., 22 cent.; larg., 31 cent.

DUPRAY (H.)

59 — *Une Reconnaissance.*

Toile. Haut., 61 cent.; larg., 90 cent.

DUPRAY (H.)

60 — *Un Poste avancé.*

Bois. Haut., 26 cent.; larg., 34 cent.

DUPRAY (H.)

61 — *Poste d'avant-garde.*

Haut., 17 cent.; larg., 12 cent.

DUPRÉ (J.)

62 — *Le Pont de bois.*

.Toile. Haut., 36 cent.; larg., 27 cent.

FLEURY-CHENU

63 — *Les Boules de neige.*

Toile. Haut., 48 cent.; larg., 97 cent.

FROMENTIN (E.)

64 — *Chasse au faucon.*

Toile. Haut., 37 cent.; larg., 61 cent.

(*Collection Strousberg.*)

GÉRICAULT (JEAN-LOUIS-ANDRÉ-THÉODORE)

65 — *Trompette des hussards d'Orléans.*

Toile. Haut., 48 cent.; larg., 38 cent.

HERMELIN (O.)

66 — *Paysage en Bretagne.*

Toile. Haut., 41 cent.; larg., 64 cent.

INCONNU

67 — Paysage aux bords du lac Léman.

Toile. Haut., 44 cent.; larg., 54 cent.

ISABEY (Louis-Gabriel-Eugène)

68 — *La Lecture.*

Toile. Haut., 42 cent.; larg., 30 cent.

ISABEY (E.)

69 — *La Rentrée au port.*

Toile. Haut., 39 cent.; larg., 30 cent.

LANDELLE (Ch.)

70 — *Jeune Femme orientale.*

Toile. Haut., 47 cent.; larg., 33 cent.

LEMAIRE (Louis)

71 — *Chaumière à Greffliers, près Berck.*

Toile. Haut., 58 cent.; larg., 72 cent.

LÉVY (Henry)

72 — *Les Bienfaits du commerce.*

Plafond. Toile à angles rentrants.
Haut., 5 mètres; larg., 3 m. 70 cent.

LÉVY (Henry)

73 — *La Libation.*

Toile. Dessus de porte.
Haut., 65 cent.; larg., 1 m. 85 cent.

LÉVY (Henry)

74 — *Le Poète.*

Toile. Dessus de porte.
Haut., 65 cent.; larg., 1 m. 85 cent.

LÉVY (Henry)

75 — *Le Centaure.*

Toile. Dessus de porte.
Haut., 65 cent.; larg., 1 m. 85 cent.

MARCKE (E. Van)

76 — *Une Corderie au Tréport.*

Toile. Haut., 71 cent.; larg., 92 cent.

MARILHAT (Attribué à P.)

77 — *Soleil couchant en Égypte.*

Toile. Haut., 27 cent.; larg., 41 cent.

MICHEL (Georges)

78 — *La Pêche.*

Toile. Haut , 40 cent.; larg., 67 cent.

MOULLION (A.)

79 — *Le Champ de blé.*
Toile. Haut., 31 cent.; larg., 54 cent.

RIBOT (Théod.)

80 — *Cimabue et Giotto.*
Haut., 74 cent ; larg., 74 cent.
(Collection Faure, 1873.)

ROUSSEAU (Théod.)

81 — *La Mare à Dagnan, sur le plateau de Belle-Croix.*
Toile. Haut., 64 cent.; larg., 1 m. 3 cent.
(Vente après décès de Rousseau.)

ROUSSEAU (Philippe)

82 — *La Basse-cour.*
Toile. Haut., 37 cent.; larg., 54 cent.

TOURNEMINE (Ch. de)

83 — *Maisons égyptiennes au bord du Nil.*
Toile. Haut., 57 cent.; larg., 1 m. 21 cent.

VERBOECKHOVEN (Eugène)

84 — *Paysage et animaux.*
Bois. Haut., 37 cent.; larg., 49 cent.
(Collection Papin, 1873.)

WAHLBERG (ALF.)

85 — *Les Falaises.*

Toile. Haut., 60 cent.; larg., 92 cent.

WORMS (J.)

86 — *Une Nouvelle à sensation.*

Toile. Haut., 53 cent.; larg., 78 cent.

(*N° 1999 du Catalogue du Salon, 1875.*)

ZIEM (FÉLIX)

87 — *Vue de Venise.*

Bois. Haut., 17 cent.; larg., 22 cent.

AQUARELLES

PASTELS ET DESSINS

BIDA (A.)

88 — *Pèlerins revenant de la Mecque.*

Haut., 58 cent.; larg., 88 cent.

(*Collection Péreire, 1872.*)

BIDA (A.)

89 — *Rébecca et Eliezer à la fontaine.*

Haut., 345 millim.; larg., 255 millim.

BOISTHIERRY (Marquis de)

90 — *Paysage.*

Dessin au fusain. Haut., 40 cent.; larg., 55 cent.

CALAMATTA (L.)

91 — *La Joconde (d'après Léonard de Vinci).*

Dessin. Haut., 38 cent.; larg., 26 cent.

(*Collection Wilson, 1874.*)

CAUSSE (Angèle)

92 — *Le Poète florentin (d'après Cabanel).*

Peinture sur verre. Haut., 16 cent.; larg., 27 cent.

CHARLIER (Jacques)

93 — *Pygmalion et Galathée.*

Pastel. Haut., 69 cent. larg., 50 cent.

COURTEN (A. de)

94 — *Le Vieux Serviteur.*

Aquarelle. Haut., 33 cent.; larg., 21 cent.

COURTEN (A. de)

95 — *Moine lisant.*

Aquarelle. Haut., 30 cent.; larg., 22 cent.

COURTEN (A. de)

96 — *La Méditation.*

Aquarelle. Haut., 30 cent.; larg., 20 cent.

COURTEN (A. de)

97 — *La Modiste.*

Aquarelle. Haut., 24 cent.; larg., 33 cent.

DUPRÉ (JULES)

98 — *L'Étang.*

Aquarelle. Haut., 37 cent.; larg., 55 cent.

HEILBUTH (F.)

99 — *La Partie de canot.*

Aquarelle. Haut., 54 cent.; larg., 90 cent.

LAMI (E.)

100 — *Scène de carnaval, à Venise.*

Aquarelle. Haut., 26 cent.; larg., 46 cent.

LELOIR (M.)

101 — *En ballon.*

Aquarelle. Haut., 37 cent.; larg., 55 cent.

LINDER (P.)

102 — *Au théâtre.*

Aquarelle. Haut., 365 millim.; larg., 225 millim.

SIMONETTI (A.)

103 — *Le Messager.*

Aquarelle. Haut., 40 cent.; larg., 28 cent.

VIBERT (J. G.)

104 — *Un Conte de fées.*

Aquarelle. Haut., 43 cent.; larg., 67 cent.

INCONNU

105 — *Paysage avec figures.*

Dessin à la plume, rehaussé de sépia.
Haut., 9 cent.; larg., 16 cent.

INCONNU

106 — *Le Lac.*

Ce dessin fait pendant au numéro précédent.

Dessin à la plume, rehaussé de sépia.
Haut., 9 cent.; larg., 16 cent.

OBJETS D'ART

ET

D'AMEUBLEMENT

PORCELAINES DE LA CHINE
ET DU JAPON

107 — VASE à panse surbaissée et col bas légèrement évasé, en porcelaine de Chine : décor de fleurs. Pièce rare du temps de Kien-lung. XVIIIe siècle. — Haut., 47 cent.; diam., 36 cent.

108 — VASE à panse cylindrique et col légèrement évasé, accosté de deux anses en forme de ling-tchi, en porcelaine de Chine : les Huit Immortels. Règne de Kien-lung. XVIIIe siècle. — Haut., 50 cent.; diam., 30 cent.

109 — DEUX BEAUX VASES quadrilatéraux à col évasé, en ancienne porcelaine de Chine, famille verte : scènes familières. — Haut., 50 cent.; larg., 14 cent.

110 — GRANDE ET BELLE BOUTEILLE en ancienne porcelaine de Chine, à couverte céladon bleu empois clair : décor de dragon. — Haut., 68 cent.; diam., 38 cent.

111 — DEUX BOUTEILLES à long col, en ancienne porcelaine de Chine, famille verte : décor de dragons. — Haut., 47 cent.; diam., 21 cent.

112 — GRAND ET BEAU VASE-ROULEAU en ancienne porcelaine de Chine, famille verte : personnages. — Haut., 77 cent.; diam., 23 cent.

113 — GRAND VASE-ROULEAU en ancienne porcelaine de Chine : divinité et enfants. Belle qualité. — Haut., 76 cent.; diam., 23 cent.

114 — GRAND VASE-BALUSTRE à col étroit, en ancien céladon vert clair de la Chine, gaufré et rehaussé de dorure : dragons. — Haut., 76 cent.; diam., 33 cent.

115 — GRANDE BOUTEILLE à panse sphérique et col droit renflé à la partie supérieure, en ancienne porcelaine de Chine : arbre et inscription. — Haut., 65 cent.; diam., 38 cent.

116 — Vase-lancelle en ancienne porcelaine de
Chine, famille verte : animaux. — Haut.,
43 cent.; larg., 18 cent.

117 — Vase-lancelle en ancienne porcelaine de
Chine, famille verte : arbres et oiseaux. —
Haut., 45 cent.; diam., 18 cent.

118 — Grand vase-balustre à deux petites anses,
en ancienne porcelaine de Chine : paysage. —
Haut., 73 cent.; diam., 40 cent.

119 — Vase-balustre à panse ovoïde et col droit,
en ancienne porcelaine de Chine, décor en
rouge de fer rehaussé d'or et de noir : personnages et animaux. — Haut., 40 cent.; diam.,
22 cent.

120 — Vase ovoïde à col droit, en ancienne porcelaine de Chine : dragons. — Haut., 45 cent.;
diam., 22 cent.

121 — Deux grands vases à panse cylindrique et
col évasé, à anses dragons, en ancienne porcelaine de Chine émaillée bleue : décor doré. Ils
sont montés en lampes en bronze doré. —
Haut., 75 cent.; diam., 25 cent.

122 — DEUX GRANDS VASES-ROULEAUX à col droit, en ancienne porcelaine de Chine bleu soufflé : décor doré. — Haut., 75 cent.; diam., 24 cent.

123 — DEUX VASES en forme de bouteilles en ancienne porcelaine de Chine, famille rose : fleurs et attributs. Base en bronze doré. — Haut., 65 cent.; larg., 38 cent.

124 — DEUX POTICHES ovoïdes en ancienne porcelaine de Chine, famille verte, montées en lampes en bronze doré : décor de fleurs. — Hauteur de la potiche, 40 cent.; larg., 23 cent.

125 — DEUX AUTRES analogues montées aussi en lampes; décor de grosses fleurs et d'oiseaux. — Hauteur de la potiche, 40 cent.; larg., 23 cent.

126 — GRAND VASE-LANCELLE en ancienne porcelaine de Chine, famille verte : personnages. — Haut., 80 cent.; diam., 25 cent.

127 — AUTRE pouvant faire pendant au précédent : scène de combat. — Haut., 75 cent.; diam., 25 cent.

128 — VASE-LANCELLE en ancienne porcelaine de Chine, famille verte : scènes familières. — Haut., 47 cent.; diam., 19 cent.

129 — VASE-LANCELLE en ancienne porcelaine de Chine, famille verte : arbres. — Haut., 48 cent.; diam., 17 cent.

130 — DEUX POTICHES turbinées couvertes, en ancienne porcelaine de Chine, famille verte, fond rouge. — Haut., 45 cent.; diam., 25 cent.

131 — CORNET légèrement évasé à bandeau médian, en ancienne porcelaine de Chine, famille verte : scène familière.—Haut., 53 cent.; diam., 23 cent.

132 — CORNET analogue au précédent et pouvant lui faire pendant. — Haut., 53 cent.; diam., 23 cent.

133 — VASE à panse légèrement renflée dont le col a été coupé, en ancienne porcelaine de Chine, famille verte : scène familière.— Haut., 45 cent.; diam., 20 cent.

134 — BOUTEILLE en ancienne porcelaine de Chine,

décorée d'un dragon émaillé bleu. — Haut.,
39 cent.; diam., 20 cent.

135 — DEUX GRANDS VASES, forme bouteille, en
ancienne porcelaine de Chine, dragons en camaïeu bleu. Monture bronze. — Haut., 83 cent.;
diam., 37 cent.

136 — VASE à corps renflé et col légèrement évasé,
en porcelaine de Chine décorée en camaïeu
bleu. Nien-hao de Siouen-te. XVe siècle. —
Haut., 50 cent.; diam., 20 cent.

137 — DEUX POTICHES ovoïdes couvertes, en ancienne porcelaine de Chine, famille rose : lam-
brequins. — Haut., 45 cent.; larg., 25 cent.

138 — DEUX AUTRES en ancienne porcelaine de
Chine, famille rose : enfants. — Haut., 45 cent.;
larg., 25 cent.

139 — DEUX BOUTEILLES piriformes en ancienne
porcelaine de Chine émaillée bleu uni. — Haut.,
50 cent.

140 — GRANDE JARDINIÈRE de forme sphérique, en
ancienne porcelaine de Chine, dragons en camaïeu bleu. — Haut., 53 cent.; diam., 48 cent.

141 — Deux vases couverts légèrement renflés en porcelaine de Chine, famille rose. — Haut., 30 cent.; diam., 22 cent.

142 — Vase à panse cylindrique et col droit, en porcelaine de Chine : scène familière. — Haut., 60 cent.; diam., 25 cent.

143 — Vase à panse cylindrique et col droit évasé, en ancienne porcelaine de Chine : arbre. — Haut., 60 cent.; diam., 25 cent.

144 — Deux gourdes à panse lenticulaire et petit col droit, en porcelaine de Chine, décorée en camaïeu bleu. — Haut., 48 cent.; diam., 36 cent.

145 — Deux vases-balustres à huit faces en porcelaine de Chine, simulant chacun deux vases losangés accolés. — Haut., 60 cent.; diam., 20 cent.

146 — Deux grandes vasques de forme circulaire, en porcelaine moderne de Chine. Supports à six pieds-consoles avec tablette d'entrejambes en bois. — Hauteur totale, 1 m. 50 cent.; diam., 60 cent.

147 — **Deux grands bols** circulaires couverts, en ancienne porcelaine du Japon. Monture en bronze ciselé et doré. — Haut., 70 cent.; larg., 35 cent.

— **Potiche** non couverte en ancienne porcelaine du Japon, à décor bleu, rouge, vert et or. Socle en bois noir sculpté. — Hauteur de la potiche, 65 cent.

ÉMAUX CLOISONNÉS

DE LA CHINE

149 — **Deux grandes torchères** formées chacune d'un vase lobé à panse ovoïde et col évasé, en ancien émail cloisonné de la Chine, bouquet de vingt lumières en bronze et cristaux; gaines de style Louis XIV en bronze doré. — Hauteur totale, 3 m. 50 cent.

150 — **Deux grands vases** à panse sphéroïdale et col évasé, en ancien émail cloisonné de la Chine. Les anses, en bronze, affectent la forme de dragons. Socles circulaires en bois noir. — Hauteur sans les socles, 1 m. 22 cent.; larg., 68 cent.

151 — Deux vases piriformes en ancien émail cloisonné de la Chine ; ils sont munis de deux anses
dragons et d'un socle ajouré, à griffes de lions
en bronze ciselé et doré, et supportent un bouquet de douze branches porte-lumières en bronze
doré, garnies de pendeloques, fleurettes et py-
ramide en cristal. — Haut., 1 m. 45 cent.; larg.,
37 cent.

152 — Vase à panse quadrilatérale renflée avec couvercle, en ancien émail cloisonné de la Chine.
Socle en bois dur ajouré. — Hauteur avec socle, 44 cent.; larg. 20 cent.

153 — Petit brule-parfums, de forme circulaire,
en ancien émail cloisonné de la Chine; les anses,
les pieds têtes d'éléphants et le couvercle ajouré
sont réservés en bronze. — Haut., 18 cent.;
larg., 15 cent.

154 — Double flacon formé de deux bouteilles
accolées, en émail cloisonné de la Chine. Socle
en bois dur. — Hauteur avec socle, 40 cent.;
larg., 26 cent.

155 — Vase à panse cylindrique légèrement renflée

et col évasé, en émail cloisonné de la Chine.
Socle et collerette en bronze frotté d'or. —
Haut., 50 cent.; diam., 20 cent.

156 — Deux autres, à décor de haie fleurie sur
fond bleu clair. Socle et collerette en bronze
frotté d'or. — Haut., 47 cent.; diam., 18 cent.

157 — Deux vasques, de forme circulaire, en émail
cloisonné de la Chine, placées sur un socle-étagère
en bois de fer ajouré et sculpté simulant des
feuilles d'eau. — Hauteur totale, 1 m. 8 cent.;
larg., 1 m. 10 cent.

BRONZES

DE LA CHINE ET DU JAPON

158 — Brule-parfums couvert, en ancien bronze
de la Chine, partiellement laqué or, à panse sphérique surbaissée ; il repose sur trois pieds têtes
chimériques et griffes. Socle circulaire en bois.
— Hauteur totale, 2 mètres ; larg., 65 cent.

159 — Brule - parfums sphérique, couvert, en

ancien bronze de la Chine, partiellement laqué or; il repose sur trois pieds, formés de personnages accroupis sur une base circulaire. Socle rond à six pieds-consoles en bois avec tablette d'entrejambes. — Hauteur totale, 2 mètres ; larg., 70 cent.

160 — GRAND VASE ovoïde à col bas et évasé, en ancien bronze de la Chine. Il est muni de quatre anses. Socle en bois dur sculpté, en forme de tabouret. — Hauteur du vase, 58 cent.; larg., 70 cent.

161 — BRULE-PARFUMS de forme circulaire sur base cylindrique et à anses têtes d'éléphants, en ancien bronze de la Chine, incrusté d'or et d'argent. Couvercle et socle en bois dur ajouré. — Hauteur totale, 33 cent.; larg., 30 cent.

162 — COUPE sphérique couverte, sur piédouche en doucine et à anses, en ancien bronze de la Chine, incrusté d'argent et de malachite. — Haut., 25 cent.; diam., 18 cent.

163 — CHIMÈRE en ancien bronze doré de la Chine;

elle porte sur le dos un oiseau en sardoine. Socle en bois dur ajouré. — Hauteur totale, 18 cent.

164 — JARDINIÈRE oblongue en bronze de la Chine; anses têtes de dragons. Socle en chêne sculpté. —Hauteur sans socle, 24 cent.; larg., 1 m. 3 cent.; prof., 51 cent.

165 — AUTRE analogue. Anses têtes d'éléphants. Socle en chêne sculpté. — Hauteur sans socle, 20 cent.; larg., 96 cent.; prof., 51 cent.

166 — PETIT BRULE-PARFUMS en bronze de la Chine simulant une feuille de lotus. Il est accompagné d'un socle chinois en bois dur. — Haut., 15 cent.; larg., 12 cent.

167 — STATUETTE en ancien bronze du Japon clouté et incrusté d'or et d'argent, personnage grimaçant. Socle en bronze. — Haut., 72 cent.; larg., 44 cent.

168 — GRAND BRULE-PARFUMS en bronze du Japon en partie frotté d'or, composé d'une sphère sur-

montée d'un chien de Fô; cette sphère est portée
par deux chiens de Fô dressés sur les pattes de
derrière et reposant sur un socle hexagone
ajouré. — Haut., 95 cent.; larg., 45 cent.

169 — GRAND VASE en bronze du Japon, simulant
un sac à demi fermé. Socle en bois noir sculpté.
— Hauteur du vase, 45 cent.; larg., 55 cent.

170 — BRULE-PARFUMS oblong, couvert, en bronze
du Japon, à anses et pieds têtes d'éléphants;
sur le couvercle, figurine de personnage
debout. — Haut., 37 cent.; larg., 20 cent.

OBJETS VARIÉS

171 — GRANDE PAGODE japonaise en bois naturel,
intérieur laqué or; statuette et accessoires en
bronze.—Haut., 1 m. 80 cent.; larg., 1 m. 20 cent.

172 — PETITE PAGODE en bois dur, plaques de jade
ajouré et émail cloisonné à fond bleu, avec garnitures de bronze doré. Chine. — Haut.,
28 cent.; larg., 19 cent.

173 — VASE-BALUSTRE aplati couvert en lapis sculpté et gravé. Travail chinois. Socle en bois sculpté. — Haut., 28 cent.; larg., 10 cent.

174 — GRANDE ÉCRITOIRE oblongue en bois noir, récipients en cristal taillé avec couvercles, flambeau à trois branches, encadrements, frises et pieds en argent ciselé. — Larg., 60 cent.

175 — IN-FOLIO renfermant des aquarelles représentant des plantes, par *Redouté, Prévost* et autres.

176 — PETIT BAS-RELIEF en ivoire sculpté : la Vierge, l'Enfant Jésus et saint Jean. XVIIe siècle. Cadre en bois noir garni d'argent. — Haut., 13 cent.; larg., 9 cent.

177 — FIGURINE en ivoire sculpté : Enfant nu debout appuyé à un tronc d'arbre. XVIIe siècle. Socle en bois noir garni d'argent. — Hauteur totale, 30 cent.

178 — AUTRE analogue : Enfant, le corps en partie couvert d'une draperie. — Hauteur totale, 26 cent.

179 — Deux autres se faisant pendants : l'Été et l'Automne. Socles semblables.—Haut., 25 cent.

180 — Quatre statuettes en ivoire : les Saisons. XVIIᵉ siècle. Base en bois noir garnie de motifs en argent. — Haut., 35 cent.

181 — Deux statuettes en ivoire rehaussé de dorure : Mercure et Pandore. Signées : *Scailliet*, 1875. Base en marbre rouge. — Haut., 35 cent.

BISCUITS TENDRES DE SÈVRES
ET PORCELAINES

182 — Petit groupe en ancien biscuit de Sèvres, pâte tendre : l'Amour médecin. Signé : L. R. (Leriche. — Haut., 22 cent.; larg., 25 cent.

183 — Statuette en ancien biscuit de Sèvres, pâte tendre : la Petite Jardinière, Signée : F. — Haut., 24 cent.

184 — Statuette de danseur, en ancienne porcelaine de Saxe. — Haut., 19 cent.

185 — PLATEAU ovale en ancienne porcelaine de Sèvres, pâte tendre. Lettre I : 1761.

186 — ASSIETTE à bords festonnés, en ancienne porcelaine de Sèvres, pâte tendre, à fond bleu turquoise.

187 — ASSIETTE en porcelaine tendre, à décor de bouquets de fleurs; sur le marli, trois réserves de fleurs sur fond rose.

188 — TASSE cylindrique et sa soucoupe en porcelaine, pâte tendre, à fond bleu de roi avec réserves contenant des bouquets de fleurs; bordure de palmettes dorées.

189 — TASSE ET SA SOUCOUPE en porcelaine tendre, à fond gros bleu avec réserves contenant des oiseaux et encadrées d'une couronne de fleurs et de feuilles dorées, dans le goût de Vincennes.

FAÏENCES HISPANO-MAURESQUES

190 — PLAT creux à ombilic, en ancienne faïence hispano-mauresque à reflets métalliques et rechampis de bleu. Encadré. — Diam., 40 cent.

191-192 — QUATRE AUTRES émaillés de même : palmettes et rinceaux. Encadrés. — Diam., 40 cent.

193 — AUTRE analogue : couronne de feuilles au
marli. Encadré. — Diam., 40 cent.

194 — AUTRE analogue : au marli, godrons émaillés
bleu. Encadré. — Diam., 40 cent.

195 — AUTRE analogue : rosaces et rinceaux, avec
feuilles émaillées bleu. Encadré. — Diam.,
40 cent.

196 — AUTRE analogue : rinceaux avec larges
feuilles au marli émaillées bleu ; au fond, couronne de feuillages. Encadré.— Diam., 40 cent.

197 — BASSIN, même faïence, émaillé bleu avec
reflets métalliques ; au fond, écusson armorié ;
au marli, couronne de palmes. — Diam., 45 cent.

198-199 — QUATRE PLATS creux à ombilic, en ancienne faïence hispano-mauresque à reflets métalliques rouge-cuivreux ; décor de rinceaux.

200 — DEUX PLATS creux en ancienne faïence hispano-mauresque à reflets métalliques rouge-
cuivreux, rinceaux.

ARGENTERIE ET PLAQUÉ

MAGNIFIQUE SERVICE DE TABLE (n⁰ˢ 201 à 225)
en argent fondu et ciselé, exécuté par la maison
Odiot, à décor de guirlandes, mascarons, palmettes, godrons, rinceaux et feuillages en relief
ou en ronde bosse avec pieds à griffes de
lions et à volutes. Il se compose de :

201 — DOUZE PLATS d'entrée circulaires.

202 — DEUX AUTRES circulaires plus grands.

203 — HUIT PLATS d'entremets circulaires.

204 — ONZE PLATS ovales en trois dimensions.

205 — QUATRE LÉGUMIERS couverts, de forme circulaire, à anses avec support à quatre pieds
griffes.

206 — Quatre saucières doubles sur plateaux fixes avec huit doubles fonds.

207 — Quatre saucières simples sur plateaux fixes avec huit doubles fonds.

208 — Deux porte-huiliers à six places avec leurs burettes et flacons à sel et à poivre en cristal.

209 — Douze salières bouts de table avec leurs doubles fonds, à poignées ornées de mascarons et guirlandes.

210 — Huit doubles fonds en argent pour légumiers.

211 — Quarante-huit cuillères à bouche et cent vingt fourchettes en argent, modèle à feuilles, mascaron et coquille.

212 — Quatre-vingt-dix couteaux de table à manches d'argent.

213 à 215 — Seize pièces en argent : quatre lou-

ches, huit cuillères à sauce, quatre pinces à
asperges.

216 — QUATRE SERVICES A POISSONS de huit pièces
en argent.

217 — QUATRE COUVERTS à salade de huit pièces en
argent.

218 — DEUX SERVICES hors-d'œuvre de huit pièces
en argent.

219 — TRENTE-SIX COUVERTS d'entremets et vingt-
quatre fourchettes à huîtres, en argent.

220 — TRENTE-SIX COUTEAUX à entremets à lames
d'argent.

221 — TRENTE-SIX COUTEAUX à entremets à lames
d'acier.

222 — SERVICE A DESSERT en vermeil composé de
trente couverts, trente cuillères à glace, trente-
six cuillères à café, six couverts à compotes,
quatre cuillères à saupoudrer, quatre cuillères
à fraises, deux pinces à sucre, deux ciseaux à
raisin, vingt-quatre pelles à sel.

223 — Soixante couteaux à dessert en vermeil, dont trente à lames d'acier. .

224 — Six pièces : quatre pelles à glace et deux couteaux à fromages, en vermeil.

225 — Deux réchauds ovales en cuivre argenté, de même modèle que le service n° 201 à n° 224.

Autre service de table (n°s 226 à 236), composé de :

226 — Soixante cuillères à potage, en argent, modèle à nœud.

227 — Quatre-vingt-quatorze fourchettes en argent, assorties aux cuillères précédentes.

228 — Soixante-huit cuillères à entremets en argent, également de même modèle.

229 — Quatre-vingt-quinze fourchettes à entremets en argent, de même modèle.

230 — Trois cuillères à saupoudrer en argent, variées.

231 — Quatre-vingt-six couteaux de table à manches d'argent, modèle à nœud.

232 — Quarante-trois couteaux à dessert, à manches d'argent et lames d'acier, modèle à nœud.

233 — Quarante-cinq couteaux à dessert, à manches de nacre et lames d'argent.

234 — Vingt-quatre couteaux à dessert, à manches de nacre et lames en vermeil.

235 — Vingt-quatre couverts à entremets en vermeil, fourchettes et cuillères, modèle à filets, couteaux à lames d'argent et manches de nacre.

236 — Quatre pièces : pelle à glace, palette à olives, service à salade, le tout à manches d'argent.

237 — DEUX GRANDS CANDÉLABRES à seize lumières en argent, simulant chacun un arbre, dont les branches servent de porte-lumières et les fleurs de douilles. — Haut., 1 m. 5 cent.; larg., 72 cent.

238 — DEUX GIRANDOLES à six lumières en argent, à tige balustre accostée de deux figurines d'amours, et base à volutes et cartouches.

239 — DEUX SEAUX à rafraîchir en argent, en forme de vases, sur piédouche ; la panse, ornée de deux mascarons, est munie de deux anses présentant chacune un oiseau : culot godronné ; piédouche carré, ajouré et découpé. — Haut., 40 cent.

240 — DEUX CONFITURIERS en forme de corbeilles, en argent ajouré et en partie doré avec doubles fonds en argent doré.

241 — DEUX PLATEAUX carrés à deux poignées en argent, à bordure de pampres.

242 — GRAND PLATEAU rond en argent gravé à feuillages et palmettes.

243 — Vingt-quatre timbales en argent en deux dimensions.

244 — Vingt-quatre porte-tasses en argent, variés de modèles.

245 — Cinq pièces : porte-huilier en argent estampé, formé d'un éléphant debout, avec ses burettes et flacons en cristal, et quatre porte-cure-dents, lions et dragons, en argent estampé.

246 — Buire piriforme, à couvercle, anse et déversoir en S, accompagnée de son bassin de forme circulaire, en argent. Travail oriental. — Haut., 52 cent.

247 — Narghilé turc, à carafe piriforme, et son plateau rond en argent.

248-249 — Surtout de table, composé de : une grande jardinière oblongue en argent, de la maison Odiot, à décor de godrons, mufles de lions, écusson armorié et timbré d'un casque ; quatre grands candélabres en métal argenté ; vingt pieds de compotiers en métal argenté ; deux étagères à bonbons en métal argenté, et vingt-quatre dessous de carafes en métal argenté.

SCULPTURES

EN MARBRE ET TERRE CUITE

250 — Beau groupe en terre cuite à quatre personnages, par Clodion (1738-1814) : Bacchanale.
Socle en marbre bleu turquin à gorge, avec tore
de laurier en bronze doré. — Haut., 45 cent.;
larg., 28 cent.

251 — Jolie statuette, petite nature, en terre
cuite, attribuée à J. B. Lemoyne (1704-1778) :
Nymphe nue, étendue sur un tertre et tenant
deux tourterelles. — Haut., 68 cent. ; larg., 1 m.
7 cent.; prof., 47 cent.

252 — Statuette en marbre blanc, attribuée à
François Girardon (1628-1715) : Andromède.
— Haut., 51 cent. ; larg., 28 cent.

253 — Groupe en marbre blanc : Mercure et
Argus, XVIIIᵉ siècle. — Haut., 45 cent. ; larg.,
77 cent.

254 — Groupe en marbre blanc pouvant faire pendant au précédent : Apollon et Marsyas.
XVIIIᵉ siècle. — Haut., 47 cent. ; larg., 77 cent.

255 — STATUE en marbre blanc, grandeur nature :
Jeune Fille à la fontaine. Signée : A. SCHŒNE-
WERK, 1872. — Haut., 1 m. 33 cent. ; larg.,
70 cent.

256 — STATUETTE en marbre blanc, par P. D'ÉPINAY :
la Baigneuse. Signée. — Haut., 46 cent.

257 — DEUX URNES en spath-fluor ; graine, anses-
mascarons surélevées, bordure torsade, culot
de feuillages et piédouche en bronze ; le socle
carré, en albâtre oriental, est également garni
en bronze doré. — Haut., 35 cent. ; larg.,
15 cent.

258 — DEUX GRANDS VASES couverts en marbre de
couleurs, à culot et couvercle godronnés, enri-
chis de deux zones de feuillages et cannelures,
ainsi que de deux anses mufles et griffes de
lions en bronze ciselé et doré. Maison Dasson.
— Haut., 1 m. 5 cent. ; larg., 67 cent.

259 — DEUX GAINES cylindriques en marbre vert de
mer ; la base est ornée d'un tore de laurier
surmonté d'une gorge et d'un faisceau de
baguettes enrubannées, en bronze ciselé et doré.
— Haut., 1 mètre ; larg. et prof., 53 cent.

BRONZES ET PENDULES

260 — MAGNIFIQUE LUSTRE en cristal de roche à seize lumières, avec riche monture en bronze ciselé et doré et parties bleuies. Ce lustre est garni de grandes plaquettes, d'étoiles, de fleurs de lis et d'une superbe gerbe de fleurs et de fruits en cristal de roche de très belle qualité. Époque Louis XVI. Collection Léopold Double. — Haut., 2 mètres ; diam., 1 m. 20 cent.

261 — DEUX JOLIS BRAS-APPLIQUES du temps de Louis XVI, en bronze finement ciselé et doré au mat, à trois lumières, composés d'un flambeau supportant un groupe de colombes, auquel se rattachent les branches porte-lumières à l'aide de rubans. Ils sont cités par le baron Davilliers dans le Catalogue du duc d'Aumont, comme l'un des plus beaux ouvrages de GOUTHIÈRES. Collection Léopold Double. — Haut., 71 cent.

262 — DEUX CANDÉLABRES à quatre lumières, en bronze ciselé et doré, simulant une gerbe de branches ; au milieu d'elles est posé un oiseau, en ancienne porcelaine de Saxe, décorée au naturel. — Haut., 53 cent. ; larg., 40 cent.

263 — **Deux candélabres** à trois lumières, en bronze ciselé et doré ; ils présentent deux figurines se faisant pendants : Fillette et Garçonnet, en ancien biscuit tendre de Sèvres. L'nne, signée : B. (BRACHARD). — Haut., 41 cent. ; larg., 27 cent.

264 — **Grande pendule**, de style Louis XIV, en bronze et marbre rouge : Allégorie de la Prospérité ; le mouvement de *Lerolle frères, à Paris*. — Haut., 90 cent. ; larg., 1 m. 5 cent.

265 — **Deux vases** en marbre rouge antique pouvant accompagner la pendule qui précède ; piédouche en doucine sur socle et contre-socle carrés, ornés d'une frise d'acanthe en bronze ciselé et doré. Du bouton du couvercle s'échappe un bouquet de treize branches porte-lumières en bronze doré. — Haut., 1 m. 15 cent. ; larg., 42 cent.

266 — **Deux chenets** de style Louis XIV : figure d'esclave nu, en bronze à patine brune, sur socle en bronze doré. — Haut., 55 cent. ; larg., 33 cent.

267 — Pendule à cadran tournant, en forme
d'urne, en porphyre rouge oriental et bronze
ciselé et doré, de style Louis XVI. — Haut.,
62 cent.; larg., 37 cent.

268 — Garniture de cheminée, de style Louis XVI,
en bronze ciselé et doré et bronze à patine
brune, composée d'une pendule et de deux
girandoles ; la pendule est soutenue par trois
sirènes adossées et est accostée de deux statuettes de faunes terminés en gaine. Les girandoles à six lumières assorties à la pendule
présentent également des groupes de lionnes,
des coqs et des sirènes. — Hauteur des trois
pièces, 80 cent.

269 — Deux grandes torchères à six lumières,
en bronze, de style Louis XVI, d'après Clodion ;
gaines en marbre. — Hauteur du candélabre,
1 m. 30 cent.; hauteur de la gaine, 1 m. 15 cent.

270 — Deux girandoles à neuf lumières, en bronze
ciselé et doré et bronze à patine claire, de
style Louis XVI : Nymphe et Amour. — Haut.,
1 m. 20 cent.

271 — **Deux bras-appliques**, de style Louis XVI, formés de demi-vases en bronze bleui et à sept branches porte-lumières en bronze ciselé et doré, garnis de pendeloques, boules, guirlandes et fleurettes en cristal de roche — Haut., 1 m. 20 cent.; larg., 60 cent.

272 — **Pendule** en bronze doré et plaques de céladon turquoise truité ; le mouvement, de *Dutertre à Paris,* est accosté d'un chien de Fô, en ancien céladon turquoise truité de la Chine. — Haut., 55 cent. ; larg., 55 cent.

273 — **Statuette** en bronze à patine brune : le Réveil, de *J. Franceschi. E. Cornu, fondeur.* Socle en marbre bleu turquin et de couleur. — Haut., 75 cent.

274 — **Deux grands vases**, en bronze, style Renaissance, à panse ovoïde avec couvercle. *Maison Graux-Marly.* — Haut., 95 cent.

MEUBLES ET SIÉGES

275 — Deux meubles à hauteur d'appui à une porte, de style Louis XIV, en marqueterie genre Boulle. — Haut., 1 m. 5 cent.; larg., 85 cent.

276 — Deux grandes consoles oblongues de style Louis XIV, en bois ajouré, sculpté et doré. — Haut., 1 mètre ; larg., 1 m. 50 cent.

277 à 280 — Quatre bibliothèques de style Louis XV en bois satiné, fermant à deux portes vitrées. — Haut., 1 m. 50 cent. ; larg., 1 m. 75 cent.

281 — Bureau plat de style Louis XV en bois de placage à trois tiroirs. — Haut., 80 cent. ; larg., 2 mètres.

282 — Petit guéridon oblong de style Louis XV, en bois de placage garni de chutes, sabots et encadrements en bronze ciselé et doré. Le dessus contient un plateau en vieux Sèvres, pâte tendre. — Haut., 75 cent.; diamètre du plateau, 20 cent.

283 — Meuble à hauteur d'appui de style Louis XVI, en acajou et bois noir, fermant à deux vantaux ; chaque vantail présente une plaque d'émail cloisonné de la Chine. Tablette en marbre blanc. — Haut., 1 m. 10 cent.; larg., 1 m. 75 cent.; prof., 60 cent.

284 — Deux meubles à hauteur d'appui de style Louis XVI, en acajou ; la porte est décorée d'amours peints au vernis ; encadrements de bronze. — Haut., 1 mètre ; larg., 60 cent.; prof., 65 cent.

285 — Deux meubles-vitrines à hauteur d'appui et fond plein en bois dur sculpté à moulures de style chinois. — Haut., 1 m. 20 cent.; larg., 1 m. 70 cent.; prof., 39 cent.

286 — Deux grandes consoles en noyer sculpté à quatre pieds balustres. Tablette en marbre rouge griotte. — Larg., 1 m. 75 cent.

287 — Deux petits paravents à deux feuilles ornées de rinceaux en applications sur fond de velours rouge, avec médaillon brodé Renaissance. — Haut., 86 cent.; larg., 50 cent.

288 — **Meuble de salon** de style Louis XIV, en bois sculpté et doré, couvert de soie brochée à larges ramages sur fond havane; il comprend quatre grands fauteuils, quatre grandes chaises et deux petits canapés.

289 — **Meuble de salon** de style Louis XIV à haut dossier contourné, en bois sculpté et doré, couvert en velours ciselé. Il se compose de quatre canapés en deux dimensions, huit fauteuils et six chaises. Maison Fourdinois.

290 — **Sept chaises** légères en bois sculpté et doré, couvertes de soie brochée et velours de soie ciselé variés. Maison Fourdinois.

TAPISSERIES

291 — **Grande et belle tapisserie** des Gobelins, de la série des Mois ou des Résidences royales, exécutée vers 1670 : le *Chasteav de Monceavx* ou le Mois de décembre. Reproduite dans l'*Histoire de la tapisserie,* de M. J. Guiffrey. — Haut., 3 m. 15 cent.; larg., 3 m. 30 cent.

Suite de huit tapisseries de la fin du XVIe siècle, représentant des scènes de chasse :

292 — Tapisserie rectangulaire : un page présente une pièce de gibier à une dame richement vêtue, accompagnée d'un personnage, une baguette à la main. Belle bordure à fond bleu. — Haut., 3 m. 80 cent.; larg., 3 m. 40 cent.

3350—

293 — Autre tapisserie de la même suite que la précédente : le Départ pour la chasse. — Haut., 3 m. 80 cent.; larg., 3 m. 90 cent.

3200—

294 — Autre tapisserie de la même suite que la précédente. Au premier plan, un cavalier accompagné d'un valet de chasse armé d'une arquebuse et porteur du gibier. — Haut., 3 m. 80 cent.; larg., 3 m. 40 cent.

3370—

295 — Autre tapisserie de la même suite que la précédente. Des chasseurs armés d'arquebuses guettent des canards. — Haut., 3 m. 80 cent.; larg., 3 m. 90 cent.

3200—

296 — Autre tapisserie de la même suite que la

3100—

précédente. Un valet de chasse, le faucon au poing, menace de son bâton un chien qui veut s'élancer sur la proie d'un autre faucon. — Haut., 3 m. 80 cent.; larg., 5 m. 25 cent.

297 — AUTRE TAPISSERIE de la même suite que la précédente. Un cavalier accompagné d'une dame, au bord d'une mare, appelle un chien tenant un canard sauvage. — Haut., 3 m. 80 cent.; larg., 4 m. 60 cent.

298 — AUTRE TAPISSERIE de la même suite que la précédente et montée en portière. Plusieurs personnages, cachés derrière des arbres, essayent, au moyen d'un filet, de surprendre des oiseaux picorant auprès d'eux. — Haut., 3 m. 80 cent.; larg., 2 m. 55 cent.

299 — AUTRE TAPISSERIE de la même suite que la précédente et montée en portière : le Retour de la chasse. — Haut., 3 m. 80 cent.; larg., 2 m. 40 cent.

300 à 303 — QUATRE GRANDES TAPISSERIES des Flandres du XVIIe siècle : le Passage de la mer

Rouge, le Veau d'Or, Moïse et Aaron, Joseph
faisant arrêter ses frères. — Haut., 3 m.
75 cent.; larg., 5 m. 15 cent., 5 mètres, 2 m.
35 cent., 2 m. 35 cent.

304 — Tapisserie d'Aubusson du XVIIIe siècle :
scène galante. Restaurée.—Haut., 2 m. 20 cent.;
larg., 2 m. 90 cent.

ÉTOFFES

305 — Trois garnitures de croisées composées
chacune de deux rideaux et d'un lambrequin en
velours ciselé de style Louis XIV, à dessin gre-
nat. — Haut., 4 m. 55 cent.; largeur du lambrequin, 3 m. 65 cent.

306 — Trois paires de rideaux en soie groseille
bordés de franges avec accessoires. — Haut.,
4 m. 55 cent.

307 — Deux garnitures de croisées : rideaux et
bandeau en satin de Chine ponceau, brodé en

soie de couleur à personnages, oiseaux, fleurs et disques, avec bordures de satin bleu clair à décor damassé; franges à grilles. — Hauteur, environ 4 mètres; largeur du lambrequin, 1 m. 80 cent.

308 — GARNITURE DE BAIE composée d'une bonne grâce et d'un rideau en satin de Chine rouge et bleu; embrasses, câblés et glands assortis. — Haut., 4 m. 55 cent.; largeur de la baie, 3 m. 75 cent.

Mercredi 1er

Tableaux au ... 1 à ?

Aquarelles et pastels + dessins 88 à 106

Jeudi 2

Porcelaine ... 107 à 148

Émaux ... 149 à ...

Bronzes ... ...

Objets variés 17...

Biscuits ... et
porcelaine

faïences d'... 19...

Vendredi 3

argenterie 261. 246

... marbre ... = 250. 259
...
... 26.-274
Bronzes ... 275 - 280
marbres sièges 291 - 308
tapisseries, étoffes